INSTITUT DE FRANCE.

ACADÉMIE FRANÇAISE

DISCOURS

PRONONCÉS DANS LA SÉANCE PUBLIQUE

TENUE

PAR L'ACADÉMIE FRANÇAISE

POUR LA RÉCEPTION

DE M. LE COMTE D'HAUSSONVILLE

Le jeudi 13 décembre 1888

PARIS

TYPOGRAPHIE DE FIRMIN-DIDOT ET Cie

IMPRIMEURS DE L'INSTITUT DE FRANCE, RUE JACOB, 56

M DCCC LXXXVIII

ACADÉMIE FRANÇAISE.

M. le comte d'Haussonville, ayant été élu par l'Académie française à la place vacante par la mort de M. Caro, y est venu prendre séance le jeudi 13 décembre 1888, et a prononcé le discours suivant :

Messieurs,

L'usage de vous adresser en public ce qu'on appelait autrefois un compliment est une épreuve toujours redoutable. Au trouble que je ressens s'ajoute encore l'émotion d'un souvenir qui me domine aujourd'hui. Ma pensée se reporte à dix-neuf années en arrière vers l'une de vos séances solennelles à laquelle j'assistais sur le premier de ces bancs placés en face de moi. Vous receviez ce jour-là l'homme de bien dont j'ai l'honneur de porter le nom. C'est de la place même où je me trouve en ce moment qu'il vous parlait. Son discours s'inspirait tout entier du triple amour qui avait animé sa vie : les lettres, la liberté, la patrie, et quelques mois avant les épreuves de l'année terrible, il imposait silence à ses inquiétudes, pour ne vous entretenir que de ses espérances et de ses vœux. Vos applaudissements accueillaient son mâle et simple langage. J'en étais fier pour moi autant que pour lui et je ne pouvais me défendre de penser que de l'honneur fait au père, quelque chose rejaillissait sur le fils. J'avais, Messieurs, encore plus raison que je ne le croyais et jamais, comme en ce jour, je n'ai senti tout ce que je dois à celui que j'ai perdu. Ses leçons ont fortifié ma jeunesse; son exemple m'a enseigné le prix du travail; sa mémoire m'a protégé auprès de vous, et sa main m'a conduit jusqu'au seuil de votre porte, si prématurément ouverte devant moi. Vous me pardonnerez donc si, avant même que mes remerciements s'adressent à vous, l'expression de ma tendre reconnaissance va tout d'abord et directement à lui.

L'homme éminent dont j'ai à vous entretenir, n'a point suivi pour arriver jusqu'à vous un chemin aussi facile. Ce qu'il est devenu, il ne l'a dû qu'à lui-même, à la puissance de son travail, à la fécondité de son esprit, à la variété éclatante de ses dons. Cette variété même ajoute aux difficultés de ma tâche. Pour louer comme il conviendrait le philosophe, le professeur, l'écrivain, le philosophe surtout, je sais tout ce qui me fait défaut. Je l'ai particulièrement senti lorsque, pour mieux m'y préparer, j'ai dû me remettre à l'école et refaire mon cours de philosophie, qu'au reste je n'avais jamais fait. Une seule chose pourra venir à mon aide. J'ai beaucoup connu M. Caro, et comme tous ceux qui l'ont connu véritablement, je l'ai beaucoup admiré et beaucoup aimé. Pas un mot ne sortira de ma bouche qui ne soit l'expression du sentiment le plus vrai, et j'espère que la sincérité de l'éloge fera la fidélité du portrait.

M. Caro est né en 1826 à Poitiers, où son père était professeur de philosophie. Guère ne s'en fallut que sa venue au monde ne coûtât la vie à sa mère et que lui-même ne survécût que peu d'heures à sa naissance. Pour qu'il pût être au moins baptisé, une servante fidèle le porta en hâte à l'église où un vieux sacristain lui servit de parrain. Ce fut en l'honneur d'un saint évêque, fort illustre à Poitiers, qu'ils lui donnèrent le prénom d'Elme, auquel ils ajoutèrent celui de Marie, pour rappeler son origine bretonne. Le vieux bourg de Josselin, en Morbihan, était en effet le berceau de la famille de M. Caro, mais ses parents n'y séjournaient guère, et c'est à Rennes, où son père avait été nommé en quittant Poitiers que s'est écoulée l'enfance de votre futur confrère. Il acheva cependant ses études au collège Stanislas, qu'il appelait lui-même plus tard, « avec ses vastes jardins et ses vieux ombrages, la plus riante des prisons », et il remporta au Concours général le prix d'honneur de philosophie. Je ne révélerais pas qu'il fut, malgré ce succès, refusé au baccalauréat si, devenu plus tard examinateur, le souvenir de cette petite mésaventure n'eût été parfois invoqué auprès de lui par des candidats malheureux ou par des mères qui ne se faisaient pas faute de lui recommander leurs fils. Quelques mois après, il n'en était pas moins brillamment reçu à l'École normale. et il en sortait, au bout de trois ans, agrégé de philosophie. Ces années de travail obstiné n'étaient interrompues, pour M. Caro, que par les mois de vacances passés à Josselin. Longtemps la vieille maison de famille, qui était un ancien

couvent d'Ursulines, a continué de réunir père, mère,
frères, sœurs, dispersés aux hasards de la vie, et longtemps M. Caro s'est plu à venir dans ce pays qu'il aimait,
goûter le charme et le repos du souvenir. Ce fut à Rennes,
où il avait été envoyé après un court séjour à Alger, qu'il
prépara sa thèse de doctorat sur *le Mysticisme au XVIII* siècle*.
La soutenance de cette thèse attira l'attention sur lui et
contribua pour beaucoup à le faire nommer professeur de
philosophie à la Faculté de Douai. Mais Paris l'attirait,
ce Paris sonore, en dehors duquel la voix la plus puissante
semble n'avoir point d'écho et ne rendre que des sons
étouffés. Aussi fut-il heureux d'échanger sa chaire de
Faculté contre une place de maître de conférences à l'École
normale, et, en 1864, la chaire de philosophie à la Sorbonne étant devenue vacante par la mort de M. Garnier, il
remplaça, comme titulaire, le maître éminent qu'il avait
déjà suppléé pendant deux ans. M. Caro a occupé cette
même chaire pendant vingt-quatre ans, sans solliciter ni
obtenir aucun autre honneur universitaire, et quand
j'aurai ajouté qu'il entra en 1869 à l'Académie des Sciences
morales et qu'en 1874 vous l'avez appelé à remplacer
M. Vitet, j'en aurai fini avec les événements qui ont
marqué sa carrière publique. Peu de vies ont été aussi
unies et aussi simples, mais par cela même aussi res-
pectables et aussi fières. Elle s'est écoulée tout entière à l'ombre de cette vieille Sorbonne dont les
maîtres savent depuis tant d'années joindre à une érudition solide la clarté et le goût, ces qualités de l'esprit
français. M. Caro estimait en effet qu'on ne peut servir
à la fois la philosophie et la politique. Aussi n'a-t-il

jamais sollicité les faveurs du suffrage universel. Le Sénat lui-même ne l'a pas tenté! Ce n'était pas cependant qu'il se renfermât, vis-à-vis de la chose publique, dans une dédaigneuse indifférence. Aux jours d'épreuves, il a su montrer s'il prenait sa part des douleurs de la patrie. Mais la patrie n'était pas seulement pour lui un territoire dont l'étendue matérielle peut subir une amputation douloureuse; c'était encore l'héritage moral, sur lequel aucune puissance humaine ne peut mettre la main, des traditions et des croyances qui font la vie d'une nation. La grandeur de la France, son relèvement, son avenir, lui semblaient inséparables de sa fidélité à certaines doctrines philosophiques qu'il sentait menacées dans leur antique possession des esprits par des adversaires nouveaux et hardis. La défense de ces doctrines a rempli la vie de M. Caro et ce que vous attendez surtout de moi, c'est de vous marquer la position qu'il a prise dans la grande querelle des systèmes philosophiques et dans la mêlée des esprits. Il me faut, croyez-le bien, le sentiment de cette attente et celui d'un devoir à remplir vis-à-vis de cette noble mémoire, pour aborder ces hautes questions devant vous qui êtes mieux préparés assurément à les entendre que je ne le suis à les traiter.

C'est, Messieurs, l'honneur de l'homme que ni les intérêts qui le pressent, ni les soucis qui l'accablent, ni les plaisirs qui parfois le consolent, ne parviennent à détourner son esprit du problème de son origine et de sa fin. Cette préoccupation est commune à tous les êtres pensants, pour simples et ignorants qu'ils soient, et personne ne parvient à s'y soustraire. « Ne croyez pas, disait du haut de la même chaire un des prédécesseurs de M. Caro, ne croyez pas qu'il faille être un savant pour s'élever jusque-là. Le pâtre, sur le sommet de la montagne, songe aussi, dans ses loisirs, à ce qu'il est et à ce que sont ces êtres qui habitent à ses pieds; il a aussi des ancêtres, descendus au tombeau les uns après les autres; il se demande aussi pourquoi, après avoir traîné leur vie sur la terre pendant quelques années, ils sont morts, pour céder la place à d'autres, qui ont disparu à leur tour, et toujours ainsi, sans fin ni raison; et de son propre droit, du droit de son intelligence, qu'on qualifie d'étroite et de bornée, il a l'audace de poser au créateur cette haute et mélancolique question : « Pourquoi m'as-tu fait et que signifie le rôle que je joue ici-bas? » Ce langage, que M. Jouffroy tenait, il y a cinquante ans, rend avec éloquence l'éternelle angoisse humaine, et cependant ce n'est plus dans ces termes que le problème se pose aujourd'hui devant nos intelligences, car celui qui adresse à Dieu cette haute et mélancolique question l'a déjà, par là même, plus d'à moitié résolue. Si c'est un Dieu qui a créé l'homme, l'homme ne saurait avoir, ici-bas, d'autre règle que la volonté de son créateur et d'autre espoir que sa bonté. Mais si l'homme n'est que le produit des forces aveugles de la nature, agissant sans but et sans dessein, s'il n'est que le sujet passager des phénomènes de la vie, et s'il doit se dissoudre tout entier dans le sein de la grande substance dont il est sorti, alors son anxieuse interrogation reçoit une réponse bien différente, ou plutôt elle n'en peut recevoir aucune, car elle s'adresse à une puissance sourde, qui ne saurait l'entendre, et elle retentit vainement dans les profondeurs du vide. C'est donc l'existence de Dieu qui est le fond du problème philosophique; et ce problème, l'humanité croyait l'avoir résolu avec Platon et les plus nobles consciences de l'antiquité, avec saint Augustin et les grands docteurs chrétiens du moyen âge, avec Descartes, avec Leibnitz, avec Bossuet, avec Newton avec tous les fiers génies qui se sont inclinés devant Dieu. Cette grande doctrine n'a pas seulement, par sa profondeur, ravi les plus hautes intelligences, elle a, par sa simplicité, conquis les plus naïves. Les sages, « qui ont enseigné le bien », témoignent en sa faveur, et aussi les humbles qui l'ont pratiqué. Elle s'est emparée de l'homme tout entier. L'art et la poésie lui doivent leurs créations les plus durables; les lois en découlent; le langage la reflète; et ce n'est pas trop de dire, en un sens bien différent de celui où l'entend la philosophie de la nature, que le monde est plein de Dieu.

Il était réservé à notre fin de siècle d'assister cependant au plus formidable assaut qui ait jamais été livré à cette notion fondamentale. A l'époque où M. Caro montait, pour la première fois, dans sa chaire de la Sorbonne, la philosophie spiritualiste régnait, depuis longtemps déjà, en souveraine dans l'enseignement officiel. Mais peut-être en est-il des systèmes philosophiques comme des gouvernements; aux uns comme aux autres, en France du moins, un long exercice du pouvoir ne paraît pas être très favorable. La jeunesse à laquelle on l'enseignait n'y croyait plus guère, et, semblable à ces paysans que Michelet a décrits, « tristement assis à la porte de l'église où ils n'entrent plus », elle se demandait, comme eux : Où est Dieu? M. Caro eut le sentiment du danger et il y fit face.

Son premier ouvrage philosophique porte pour titre :
« *l'Idée de Dieu* », et ce titre seul valait une profession
de foi. C'était bien l'idée de Dieu qui était en péril.
Aussi, toutes les forces intellectuelles de M. Caro ont-elles
été consacrées à la défendre, sans qu'il ait ambitionné
l'honneur d'attacher son nom à quelque nouveau système.
C'était la méthode critique que, par voie de justes représailles, il opposait de préférence aux critiques de l'idée de
Dieu. Il apportait, dans l'exercice de cette méthode, une
courtoisie qui était parfois une leçon, et une loyauté qui
devenait une habileté de plus. Le plus souvent, il cherchait
en effet à tirer l'objection capitale, non de quelque prin-
cipe contraire, mais des entrailles mêmes du système
qu'il avait exposé, et telle était la clarté de ses expo-
sitions que plus d'un, parmi ses adversaires, lui a dû non
seulement d'être mieux compris du public, mais parfois
de se mieux comprendre lui-même. Mon ambition serait de
vous montrer cette méthode à l'œuvre, mais j'éprouve ici
un certain embarras. Au cours de ses polémiques, M. Caro
a rencontré, en effet, comme principaux contradicteurs,
deux de ses futurs confrères, dont l'un me fait peut-être aujourd'hui l'honneur de m'écouter. Comment les mettre aux
prises devant ce nombreux auditoire, et comment donner
un exemple public d'aussi mauvaise confraternité? J'ai tort,
cependant, de m'inquiéter ainsi, et ce qui m'avait paru, au
premier abord, une difficulté, va tourner, au contraire, à
l'éloge de M. Caro, car il a su conserver à ces controverses
un caractère d'élévation et de dignité qui me met à l'aise
pour en rappeler le souvenir. C'est, au surplus, votre honneur, Messieurs, que d'appeler impartialement à vous les

représentants des doctrines les plus diverses, en ne leur imposant d'autres conditions que d'avoir exprimé, dans une belle langue, des convictions sincères, et, si vous ne parvenez pas à concilier les idées, du moins vous rapprochez les hommes, en leur apprenant à se connaître, c'est-à-dire à s'estimer.

M. Caro avait d'abord à défendre la métaphysique elle-même contre les dédains dont elle était l'objet, et à revendiquer pour elle le droit à l'existence. Il se trouvait en lutte, sur ce point, avec une école puissante qui emprunte son nom, un peu barbare peut-être, à la méthode positive par laquelle elle s'efforce de trouver la réponse à toutes les questions que se pose l'esprit humain. En prétendant soumettre aux procédés de l'observation expérimentale toutes les notions qui trouvent créance chez l'homme et en rangeant dans le domaine de l'inconnaissable celles qui ne sauraient être soumises à la vérification de l'expérience sensible, le positivisme n'aboutit à rien de moins en effet qu'à la ruine de la métaphysique elle-même puisque la métaphysique a pour principaux objets l'origine des choses et la fin de l'homme qui échappent à l'expérimentation scientifique. M. Caro ne pouvait accepter cette condamnation et la meilleure part de sa vie s'est dépensée à défendre contre une amputation arbitraire l'intégrité de l'esprit humain. Le positivisme a eu en France deux grands champions, M. Comte et M. Littré. Peut-être la doctrine a-t-elle dû son succès moins au maître qu'au disciple et aux vertus de celui que son glorieux successeur à l'Académie, M. Pasteur, n'a pas hésité à appeler devant vous un « saint laïque », magnifique hommage dont les générations futures aimeront à récompenser à leur tour l'ardent amour de l'humanité qui a soutenu M. Pasteur lui-même dans sa vie de travail et de découvertes. M. Caro aurait été dans son droit en s'attaquant de préférence au maître, et il aurait eu la partie belle à montrer par quelles bizarreries et quelles incohérences M. Comte a fini par lasser ses plus fidèles sectateurs. C'est précisément le contraire qu'il a fait et c'est en quelque sorte sous le patronage de M. Littré qu'il a placé le principal ouvrage consacré par lui à la réfutation du positivisme. Aucun disciple, aucun ami de M. Littré n'aurait pu parler de lui avec un respect plus affectueux ni éclairer d'un plus doux rayon cette physionomie austère. Elles sont marquées au coin d'une beauté qui rappelle certains passages du *Phédon*, les pages où M. Caro nous montre ce grand vieillard, supportant sans se plaindre les souffrances dont il est accablé, mesurant, d'un œil ferme, les pas de la mort qui s'approche et contemplant avec sérénité, peut-être pour la dernière fois, la verdure de son jardin, la nuit étoilée et l'immensité de la mer dont le flot vient expirer à quelques pas de sa retraite. Mais après avoir accordé toute sa sympathie à l'homme, il prend à partie la doctrine et la combat corps à corps. Est-il vrai qu'il n'y ait d'autre moyen de s'emparer de la vérité que celui de l'expérience sensible, et pour appartenir à un autre ordre de connaissances, la certitude morale est-elle moins absolue que la certitude scientifique? N'y a-t-il pas des notions dont l'esprit humain affirme avec énergie la réalité, bien qu'elles ne lui soient pas révélées par le témoignage des sens, et ne sont-ce pas précisément celles qui lui paraissent les plus précieuses? Lorsqu'il s'agit en particulier de l'idée de Dieu,

cette neutralité théorique, cette position intermédiaire
entre l'affirmation et la négation, que les positivistes pré-
tendent garder, n'est-elle pas une pure chimère, et, dans la
réalité des choses, n'est-ce pas déjà nier Dieu que de ne
pas l'affirmer, puisque c'est dispenser l'homme de ses
devoirs envers lui? N'est-ce pas aussi nier l'âme que de
proclamer qu'on ne peut rien connaître de son existence
ni de sa survivance, puisque sa définition même est d'être
distincte du corps et de lui survivre? C'est là ce que
M. Caro soutenait avec une indomptable énergie, et il faut
reconnaître que, dans cette lutte, il était d'accord avec
l'instinct le plus vivace de notre nature. C'est en effet une
tentative chimérique que de vouloir limiter l'intelligence
humaine à la connaissance des phénomènes passagers en
lui interdisant l'étude des choses éternelles. Vainement on
prétend fermer à l'homme ce domaine de l'inconnaissable,
que les anciens mystiques appelaient, plus éloquemment
peut-être, la région de l'abîme et du silence. Cet inconnaissable, l'homme veut le connaître; ce silence, il l'inter-
roge; cet abîme, il s'y précipite et rien ne peut contenir
son élan. Tant que l'univers étalera devant ses yeux
l'énigme de son harmonie et de ses désordres, tant qu'il
apercevra au terme de sa route le problème de la mort,
qui est l'autre face du problème de la vie, tant que l'infini
de ses désirs viendra se heurter aux limites de sa nature,
en un mot tant qu'il continuera de penser, de souffrir,
d'aimer, c'est-à-dire d'être homme, on n'imposera pas
silence à sa noble inquiétude, et le cercle des connaissances
positives où l'on prétend l'enserrer lui paraîtra trop étroit.
Ce qu'on lui refuse le droit de savoir, est précisément ce

qui l'intéresse le plus à connaître et le *comment* des choses
lui importe moins que le *pourquoi*. A cette interrogation
éternelle de son esprit, il veut une réponse. La science
ne peut la lui fournir : il s'adresse à la raison pure. Ce
serait faire violence à sa nature que de lui interdire
cette recherche, et ce serait l'abaisser que d'étouffer chez
lui le souci passionné des grands problèmes. On n'y par-
viendra pas, et, comme le disait avec éloquence M. Caro,
« ceux qui ont goûté l'ivresse pure des idées n'en perdront
plus l'immortelle saveur, l'ardente et délicate curiosité ».

L'instrument métaphysique ainsi reconquis, M. Caro
en a fait hardiment usage contre un autre de ses futurs
confrères qu'il appelait déjà un « charmeur d'âmes »
et qui n'a cessé depuis de mériter ce nom par la magie
de son style, soit que nous racontant ses souvenirs d'enfance et de jeunesse, il nous fasse assister aux évolu-
tions de sa conscience religieuse, soit qu'il applique son
érudition à éclaircir les questions obscures de l'exégèse,
soit qu'il laisse son imagination se jouer avec grâce dans
des fantaisies plus modernes. Quoi de plus tentant que
d'accepter parmi les défenseurs de l'idée de Dieu l'auteur
de la célèbre invocation au Père céleste « dont la bonté
n'a pas voulu que les doutes de l'homme reçussent une
claire réponse, afin que la foi au bien ne restât pas sans
mérite et que la vertu ne fût pas un calcul ». Quelle adhé-
sion demander plus formelle que cette affirmation si nette ?
« Toute proposition appliquée à Dieu est impertinente,
une seule exceptée : il est. » Mais l'accord sur les mots ne
suffisait pas à M. Caro. Il voulait que cet accord s'étendît
aux idées, et en rapprochant de certains autres textes cette

déclaration isolée, il avait le regret de reconnaître que la
réalité divine ne survivait pas aux délicates opérations qu'on
lui faisait subir ailleurs. Tantôt, par crainte d'amoindrir
Dieu en le déterminant, on lui refusait la liberté et l'intelligence comme étant des qualifications grossières tirées de
l'esprit de l'homme, et il n'apparaissait plus que comme une
sorte de nébuleuse inconsciente. Tantôt Dieu n'était que le
résumé de nos besoins supra-sensibles, la catégorie de
l'idéal, c'est-à-dire la forme sous laquelle nous concevons
le beau et le bien. Parfois il tombait à être moins encore :
une expression consacrée par les respects de l'humanité,
ayant pour elle-même une longue prescription et l'avan-
tage d'avoir été employée dans de belles poésies. M. Caro
ne pouvait pas admettre que Dieu fût ainsi réduit à n'être
qu'une abstraction ou une métaphore, et pour mieux
marquer le dissentiment qui le séparait d'avec son brillant
contradicteur, il abandonnait cette méthode critique et
cette réserve dogmatique dont il était coutumier, pour
définir à son tour comment il entendait l'idée de Dieu.
Pour lui, Dieu était la première cause, mais une cause
vivante et distincte du monde. Il était l'intelligence ayant
conscience d'elle-même et se manifestant par ses actes.
Enfin il était l'amour, c'est-à-dire un être connaissant
l'homme et méritant d'être adoré par lui. Dieu vivant,
Dieu intelligent, Dieu aimant : c'est ainsi qu'il le défi-
nissait, sans oser s'aventurer plus loin. Il n'abordait point
ces problèmes de l'essence divine sur lesquels les philo-
sophes et les théologiens ont pâli, sans parvenir à en
éclaircir le mystère. On lui a reproché cette timidité. Mais,
après avoir revendiqué les droits de la métaphysique et

ceux de la raison humaine, M. Caro donnait peut-être un exemple de suprême sagesse en confessant leurs limites. En effet, s'il est donné à l'homme de connaître Dieu, il ne lui est pas donné de le comprendre ; sa petitesse n'a pas en elle la mesure de l'incommensurable. Les voies de Dieu lui échappent, la nature de Dieu lui est inconnue et lorsque, par un puissant effort d'abstraction, il arrive à la limite infranchissable qui sépare le monde visible du monde invisible, quoi d'étonnant si ses yeux sont éblouis, si sa raison chancelle et si elle s'arrête éperdue, frissonnante au bord de l'infini!

Cette méthode et cette doctrine, M. Caro ne les a pas seulement développées dans ses ouvrages philosophiques, il les a encore professées pendant vingt-quatre années, presque ininterrompues, de cours public. Si on lui avait demandé quelle était la partie de son œuvre qui lui avait coûté le plus d'efforts et à laquelle il attachait le plus de prix, assurément il aurait répondu que c'était son enseignement, et c'est la seule dont il ne reste rien! Rien ; je me trompe. Il en reste un grand souvenir ; mais il y a quelque tristesse à penser que la mort est venue le surprendre au moment où il se préparait à condenser la substance de ces leçons dans un travail sur Dieu, la nature et la destinée humaine, qui aurait été l'expression définitive de sa pensée philosophique. De ce travail, il n'a laissé que les matériaux. J'ai tenu entre les mains, écrites de sa petite écriture fine et serrée, les notes qui devaient servir à la rédaction de l'ouvrage projeté. Une feuille de papier, quelques caractères tracés à la hâte, qu'est-ce que cela pour celui qui, dans la plénitude de la vie, se sert dédaigneusement, en quelque sorte, de ce moyen matériel pour

fixer les traits de sa pensée ? Mais voici que la main qui a
tracé ces caractères s'est glacée. Voici que l'intelligence
qui les avait dictés a semblé s'éteindre. Ces feuilles, qui
n'avaient été écrites que pour un jour, sont tout ce qui reste
de lui ; on leur demande ses derniers secrets, et la durée de
ces documents éphémères fait sentir, plus amèrement encore, la fragilité de l'existence humaine. Je n'avais pas
besoin de consulter les notes de M. Caro pour savoir
quelle somme de labeur ce cours avait représenté dans sa
vie, et quel effort intellectuel il y dépensait. Je ne parle
pas seulement de ce travail incessant de l'esprit, au prix
duquel il a pu, durant une si longue carrière, rajeunir, en
les exposant, des sujets déjà traités, se tenir lui-même per-
pétuellement informé des doctrines et des objections nouvelles, et agrandir, avec les années, le cadre de son enseignement, pour y faire entrer successivement la réfutation
des systèmes dont la hardiesse semblait séduire les jeunes
esprits. Je n'entends faire allusion qu'à l'effort physique,
en quelque sorte, que lui coûtait la préparation de chaque
leçon. Le cours de M. Caro avait lieu tous les lundis. La
veille, et parfois même l'avant-veille, il s'enfermait dans un
travail de méditation solitaire, dont aucune sollicitation
ne pouvait le déterminer à sortir, et qu'il prolongeait souvent jusque dans la nuit. Le sujet de la leçon avait été in-
diqué longtemps d'avance ; mais les matériaux, qu'il tirait
de lectures nombreuses ou de ses propres réflexions, étaient
encore épars. Il s'agissait de fondre ces documents en un
tout, de trouver l'idée maîtresse à laquelle l'ensemble de
la leçon devait se rattacher, d'enchaîner avec rigueur le
raisonnement, de développer avec clarté les objections,

d'y répondre avec précision, et de donner enfin un tour
oratoire à cette composition abstraite. Quant à la forme,
M. Caro ne s'en préoccupait jamais ; il était sûr qu'elle ne
lui ferait pas défaut au dernier moment. Le lundi matin,
dans les quelques heures dont il pouvait encore disposer,
il revoyait les notes écrites par lui la veille ; il les résumait
en quelques lignes, qui devaient former la trame de son
improvisation, et qu'il emportait avec lui, bien qu'en fait
il n'y jetât jamais les yeux ; puis il se rendait à son cours,
après avoir parfois consacré à une méditation dernière les
instants d'une promenade pendant laquelle ses amis les plus
intimes savaient qu'il ne faisait pas bon l'interrompre. Il
abordait sa chaire devant un public impatient qui rem-
plissait jusqu'aux moindres places restées vides sur les
gradins ou dans les couloirs, et qu'une longue attente avait
rendu fiévreux. Aux premiers mots, le calme se rétablis-
sait. La pensée se développait, claire, forte, certaine de
sa route, et trouvant à son service une phrase aussi har-
monieuse que la voix était sonore. Si parfaite était la pro-
priété des expressions qu'on aurait pu les croire confiées
d'avance à la mémoire. Mais il n'en était rien, et parfois
un incident du cours, l'entrée de quelque auditeur remar-
qué, lui fournissait l'occasion d'une citation heureuse ou
d'un développement inattendu. La leçon était toujours
grave, jamais tendue, et s'il se permettait rarement les
allusions, cependant l'écho des grandes préoccupations
publiques s'y retrouvait quelquefois. Mais ce qui faisait le
charme et la puissance de cet enseignement, c'est qu'à la
chaleur de l'accent, à l'ardeur tempérée cependant du
geste, à je ne sais quelle émotion contenue par la dignité,

on sentait que M. Caro n'accomplissait pas un devoir en
développant un thème obligé, mais qu'il y mettait son
âme, et, dans les dernières années, qu'il y dépensait sa
vie. Après avoir éclaté en applaudissements, ses auditeurs s'en allaient subjugués, ravis de ces dons merveil-
leux, et ne se doutant guère au prix de quelles fatigues,
un jour mortelles, leur noble plaisir était payé par lui.

Avec ces éléments variés de succès, le cours de M. Caro
était devenu, même dans ce grand Paris, où presque rien
ne compte, un petit événement hebdomadaire. Il n'était pas
jusqu'aux paisibles habitants du quartier qui ne fussent
prévenus que c'était jour de cours, par un va-et-vient inu-
sité d'équipages, d'où ils voyaient descendre des étudiants
à eux inconnus et aussi des étudiantes. On a écrit, peut-
être avec malice, on a cru, en tout cas, avec légèreté, que
les femmes avaient été admises par privilège au cours de
M. Caro. C'est précisément le contraire qui est vrai. Jusqu'au jour où un ministre vraiment libéral, aujourd'hui
votre confrère, leva le règlement, un peu monastique, qui
leur interdisait l'entrée de la Sorbonne, il n'avait pas
voulu suivre l'exemple de quelques-uns des professeurs,
ses collègues, qui, par faveur spéciale, les laissaient entrer
à leur cours. Mais il est vrai qu'il n'avait jamais cru devoir
donner à son enseignement un caractère rébarbatif qui
fût de nature à les en écarter. Les questions dont il avait
à traiter n'étaient pas, à ses yeux, de celles qu'une incapa-
cité organique de leur esprit les empêchât de comprendre,
et il ne croyait pas, d'ailleurs, à l'inégalité originelle de
leurs aptitudes. Il partageait, sur ce point, l'opinion d'un
de vos confrères du XVIIIe siècle, l'académicien Thomas,

célèbre pour avoir écrit un *Éloge des femmes*. Pourquoi faut-il qu'à l'auteur de cet éloge ses contemporains aient reproché, méchamment, de ne pas bien les connaître? M. Caro pensait encore que l'idéal de la matrone romaine : vivre à la maison et filer de la laine, ne convient guère à un temps où les matrones ne filent plus et sont souvent sorties, que d'ailleurs, même en filant, on peut rêver, et que mieux vaut donner un tour élevé à ses rêveries, que les laisser s'égarer vers des objets futiles ou dangereux. Le temps n'est plus, pour les femmes, de l'ignorance et de la soumission. Elles vivent de la même vie intellectuelle que nous, et comme elles sont les premières éducatrices de l'homme, il importe de les défendre autant que l'homme, lui-même, contre la contagion des doctrines qui sont funestes à l'âme. C'est à ce point de vue élevé que se plaçait M. Caro. Mais s'il s'est efforcé d'apporter, dans l'exposition des systèmes les plus abstraits, une lucidité telle qu'aucune intelligence cultivée ne put manquer de les saisir, il n'a jamais sacrifié, à aucune considération de succès, la gravité de son enseignement. Jamais il n'a consenti à l'amollir ni à l'enjoliver. Les meilleurs juges, en ces matières de dignité professorale, ses collègues de la Sorbonne, lui ont rendu ce témoignage, et l'un d'eux a pu dire avec vérité, dans une délicate notice : « que M. Caro ne mettait pas la philosophie aux pieds des femmes, mais que, par la clarté et l'élan de sa parole, il élevait peut-être les femmes aux pieds de la philosophie. » S'il y a définitivement réussi, et si, depuis qu'il n'est plus là pour leur tendre la main, elles sauront se maintenir à cette hauteur, c'est une autre affaire, mais le dessein était

noble, et M. Caro aura du moins « l'honneur de l'avoir
entrepris ».

Il y avait cependant d'autres auditeurs, par qui M. Caro
aimait davantage encore à se sentir compris et goûté :
c'étaient les jeunes gens. Il en donna la preuve lorsque,
après des incidents dont je ne veux pas vous rappeler le
scandale, il prit lui-même l'initiative de restreindre le
public qui assistait à son cours. A partir de cette époque,
il n'y voulut plus admettre que les étudiants de la Faculté
des lettres, les élèves de l'École normale, et un certain
nombre d'auditeurs, munis de cartes personnelles. En
même temps, il quittait la grande salle Gerson, où il avait
été obligé de transporter son cours, et il revenait à ce modeste amphithéâtre de la Faculté des lettres (beaucoup
moins spacieux que son nom ne paraît le promettre), où il
avait fait ses débuts comme professeur. Groupés ainsi,
sous l'œil du maître, au lieu d'être perdus dans une foule
disparate, les étudiants entrèrent en contact plus intime
avec lui. Ils apprirent à le connaître ; il apprit à les aimer. Ces leçons lui rappelaient le temps où il était encore
chargé de conférences à l'École normale, et il comprit
combien était vraie cette parole attendrie de l'un des
maîtres les plus chéris de la jeunesse, de Michelet : « L'enseignement, c'est l'amitié. » Il resserra encore les liens de
cette amitié, dans des conférences destinées seulement aux
élèves qui se préparaient à l'agrégation de philosophie.
Là, il leur donnait des leçons d'enseignement pratique. Il
les accoutumait à prendre la parole devant lui, pour ana-
lyser quelque ouvrage, ou pour développer quelque thème
philosophique. Dans ces exercices, il leur laissait toute

liberté de doctrine, et chacun choisissait librement celle qu'il voulait défendre. Ce n'était pas un professeur impérieux, imposant à ses disciples la nécessité de répéter ses leçons; c'était un ami éclairé, faisant profiter de son expérience des amis plus jeunes. Le maître devenait auditeur à son tour, auditeur redoutable, mais bienveillant, qui écoutait sans parti pris et corrigeait sans raillerie, n'exigeant de ses élèves que deux choses : le travail et la sincérité. Sa sollicitude les accompagnait au delà de l'examen auquel il les préparait, et les suivait dans leur carrière. Il s'intéressait à leur avenir, il venait à leur aide dans leurs ambitions, et plus d'un, qui n'est pas toujours demeuré fidèle à son enseignement, n'en a pas moins trouvé son appui dans les concours, soit auprès de vous, soit ailleurs. Aussi les souvenirs qu'il a laissés ne sont-ils pas demeurés moins vivants dans les cœurs que dans les intelligences, et je n'ai eu qu'à m'informer pour les recueillir. Mais je n'avais pas besoin de recourir ainsi à des témoignages étrangers? Qui pourrait dire mieux que moi l'intérêt avec lequel il accueillait ceux qui lui paraissaient animés de quelque amour du bien faire, comment il savait à la fois encourager et reprendre, exciter l'esprit en lui proposant quelque noble but, et montrer, par son propre exemple, que le travail est un remède aux plus légitimes douleurs? Le sentiment de ce que je lui dois explique en partie, à mes yeux, le choix que vous avez daigné faire de moi pour le remplacer, car si un autre l'aurait loué plus dignement, nul, en revanche, n'aurait pu parler de lui avec autant d'émotion et de reconnaissance.

M. Caro aurait eu peut-être quelque difficulté à retenir,

comme il l'a fait, pendant vingt-quatre ans, autour de sa
chaire, un public toujours grossissant, s'il n'avait pris
comme sujet de ses leçons que les problèmes ardus de la
métaphysique. En montrant par quels liens étroits les
questions philosophiques se rattachent aux questions
morales, il ne faisait d'ailleurs que demeurer fidèle aux plus
hautes traditions de l'enseignement. La métaphysique
serait en effet un vain jeu de l'esprit, une sorte de science
occulte et cabalistique, si l'homme n'en pouvait tirer une
règle des mœurs, et cette règle elle-même, à moins d'être
un composé de maximes arbitraires, doit s'appliquer aux
sociétés comme aux individus. La métaphysique, la morale
individuelle, la morale sociale, formaient, aux yeux de
M. Caro, une chaîne dont le premier anneau était Dieu.
Mais les problèmes de morale sociale avaient pour lui un
attrait particulier. Il s'est principalement attaqué à la théorie du progrès telle que Darwin, Spencer et leurs disciples
la font découler de la grande et ambitieuse doctrine de
l'évolution. Il s'étonnait de la prodigieuse faveur obte-
nue par cette doctrine dans un siècle de démocratie,
alors qu'elle repose sur deux idées qui sont la négation même de l'idée démocratique : l'écrasement du faible
par le fort, et la transmission héréditaire des qualités natu-
relles qui ont assuré le triomphe du fort sur le faible. Du
progrès social ainsi conçu, la seule doctrine politique qui
pût sortir lui semblait être la légitimité des aristocraties et
la justification du despotisme. Il ne comprenait pas qu'a-
près tant d'ardeur, tant d'efforts, tant de combats, la démocratie s'éprît d'un système qui logiquement devrait la rame-
ner au régime des sociétés anciennes. C'était à ses yeux

une singulière manière de préparer le centenaire de
1789, de cette généreuse période où la monarchie et le
peuple, confondus dans une'trop courte illusion, faisaient
ensemble un si beau rêve de liberté et d'amour. Mais M. Caro
apercevait un bien autre danger encore dans la doctrine
de l'évolution. En effet, si le combat pour la vie et l'éli-
mination des faibles par la poussée des forts est la loi véri-
table, non seulement du progrès animal, mais du progrès
humain, l'empire de cette loi ne saurait se borner au passé ;
elle doit encore régir le présent et l'avenir. Aucun progrès nouveau ne peut être réalisé que par son triomphe.
Alors, que devient la justice dont le fondement est précisément le respect du droit du plus faible? Que devient
ce sentiment si puissant dans le cœur de l'homme qui le
pousse à venir en aide à son semblable souffrant ou misé-
rable, et, pour l'appeler de son vrai nom, que devient
la charité, ce mot sublime qu'on a bien tort de vouloir
rayer du langage de la démocratie, car il ne signifie qu'une
seule chose : l'amour? Justice et charité sont deux idées
contradictoires à la notion même du progrès, car elles ne
peuvent que le ralentir, en faisant obstacle à la destruction
des faibles. Mais si la justice n'est qu'un leurre et la charité
qu'une faiblesse, quelle condition sera faite à la masse souf-
frante de l'humanité qui vit de labeurs et de privations?
Une doctrine impitoyable ferme devant elle l'accès des
perspectives mystérieuses où se complaisait son espoir
douloureux et la conduit d'une terre sans pitié à un ciel
sans Dieu. Cette doctrine n'assigne d'autre terme à ses
misères que le néant, et ne propose d'autre but à ses efforts
que le bien-être. Que fera la grande armée des misérables,

lorsqu'elle sera pénétrée de ces enseignements? N'est-il
pas à craindre qu'emportée par la logique implacable des
esprits simples, elle n'en arrive à se révolter contre la du-
reté de son sort et qu'elle ne tienne ce langage menaçant :
« Nous sommes la misère, nous voulons être la richesse;
nous sommes la faiblesse, nous voulons être la force;
nous sommes le nombre, nous voulons être le pouvoir. »
De telle sorte que le jour où l'évolution, cessant d'être une
doctrine scientifique pour devenir une croyance popu-
laire, aurait chassé la résignation et l'amour, elle mettrait
la société aux prises et aboutirait peut-être à quelque
conflit sanglant entre la force de la richesse et la force du
nombre. Si éloignée qu'elle puisse paraître, cette perspec-
tive semblait menaçante à M. Caro, et il adjurait la démocratie française de ne pas s'abandonner à une théorie trom-
peuse du progrès « qui, disait-il, sacrifie l'individu en niant
la réalité du droit et qui supprime systématiquement ces
beaux luxes de la vie, le dévouement et la charité ».

Ce n'étaient pas seulement les conséquences indirectes
des doctrines philosophiques et leur répercussion loin-
taine sur l'avenir des sociétés que M. Caro s'attachait à
prévoir. Il étudiait encore leur influence immédiate sur
les âmes et il a fait de la psychologie, bien avant que cet
exercice ne fût redevenu si fort à la mode. Cette étude
l'intéressait jusque dans le passé. Il a écrit entre autres
quelques pages bien fines sur la direction des âmes au
XVIIe siècle. Il y montre à l'aide de quels procédés ces
grands évêques et aussi ces humbles prêtres d'autrefois
gouvernaient les consciences délicates qui s'abandon-
naient à eux; comment ils savaient apaiser leurs exi-

gences, manier leurs scrupules, diriger leurs remords et faire servir à leur perfectionnement jusqu'à leurs imperfections mêmes. Il n'aurait tenu qu'à M. Caro de compléter cette étude par un chapitre non moins intéressant qu'il aurait pu intituler : De la direction des âmes au XIXe siècle. Mais d'un directeur s'il tenait parfois le rôle il connaissait aussi les devoirs, et trop discret pour écrire ce chapitre, il s'est borné, peut-être avec un peu d'égoïsme, à en rassembler les matériaux. En revanche, personne n'a scruté d'un coup d'œil plus sagace les origines et les causes de la crise morale que traverse la génération présente. Il y voyait une première victoire des doctrines qu'il combattait, car il trouvait à cette crise des causes distinctes de ce mal des Werther et des René qui a fait il y a quelque quatre-vingts ans tant de victimes et tant d'imitateurs, distinctes aussi de cette tristesse qui est le fond douloureux de notre être. Certes, à tous les âges du monde, sous tous les cieux, l'homme a souffert, il a pleuré, et sa voix n'a cessé de faire retentir l'écho de son éternel gémissement et de son éternel désir. De tout temps il a souffert des maux qui l'atteignent dans sa chair et dans son cœur, et l'un des plus anciens parmi les livres sacrés contient peut-être aussi la plainte la plus amère qu'il ait élevée contre sa destinée. De tout temps il a souffert aussi de ses plaisirs, de leur monotonie, et nulle déclamation moderne n'atteint à la mélancolie de ce dialogue, où Lucrèce nous montre la nature expliquant à l'homme qu'elle ne peut rien machiner de nouveau pour lui plaire et que les choses sont toujours les mêmes :

Nam tibi præterea quod machiner inveniamque
Quod placeat, nihil est : eadem sunt omnia semper.

Dans des jours plus récents, il a souffert de ses rêves, de leur contraste avec la réalité, et la comparaison de sa condition présente avec la félicité à laquelle il aspire, lui a arraché des sanglots immortels. Il a souffert aussi du doute et lorsqu'il a cru voir vaciller et s'éteindre la lumière vers laquelle ses pas se dirigeaient, si cruelle a été son angoisse, que le doute lui a semblé plus insupportable que la douleur et que la mort. Mais il n'avait pas encore souffert de la vérité, car il croyait qu'elle était une amie. La science n'était pas encore venue lui dire : La condition dont tu te plains n'est qu'une des étapes nécessaires d'une évolution dont tu ne sauras jamais le but. Tu es le jouet et la victime d'une puissance inconnue et inexorable. Tes maux sont sans remède, ta vie sans lendemain, mais tes plaintes sont vaines. Tout ce qui doit être est bien. » L'homme alors s'est révolté, et à cette science insensible il a répondu : « Non. Tout est mal. Le bonheur à venir en lequel j'espérais n'existe pas. Le bonheur présent n'est qu'une moindre douleur et la vie ne vaut pas l'effort. » Telle est la philosophie nouvelle qui s'est élevée en face de l'évolution triomphante et qui mérite bien son nom de pessimisme. Conséquente avec elle-même, par la bouche de ses plus grands docteurs, elle convie l'homme à la destruction et l'invite à remplacer la volonté de vivre, cause unique de ses maux, non par la volonté de mourir (elle n'est pas logique à ce point), mais par l'effort d'un renoncement héroïque qui limiterait à la génération présente la durée de l'espèce humaine : Plus d'époux ! Plus d'amants !

Plus d'hommes sous le ciel. Nous sommes les derniers.

Lorsqu'il exposait la doctrine de Schopenhauer et d'Hartmann, M. Caro ne s'attardait pas à réfuter cette conclusion extrême. Il croyait peu à l'efficacité de leur propagande et n'en craignait pas la contagion. Mais il redoutait l'influence que cette doctrine de mort peut exercer sur les âmes faibles, en représentant la volonté comme un mal, et il trouvait pour les réconforter des accents dont la vigueur n'excluait pas la tendresse. Il savait distinguer cependant entre ceux qu'avait atteints ce mal du pessimisme. Il connaissait pour en avoir été souvent le confident, peut-être pour les avoir éprouvées lui-même, les angoisses de la recherche philosophique, et lorsque cette recherche aboutissait à quelque négation désespérée, il n'avait jamais de dures paroles pour une tristesse dont il respectait la noble origine. C'est ainsi que touché par le talent et la sincérité, il se plaisait à admirer chez une Ackermann la forme la plus poétique et la plus poignante à la fois, que la pensée philosophique ait revêtue dans notre langue. Mais il était moins indulgent pour ces nouveaux venus de la littérature qu'il appelait spirituellement des « bouddhistes de salon » et qui sont aujourd'hui pessimistes et décadents comme leurs ancêtres étaient romantiques et poitrinaires en 1830. Il avait peine à voir dans leur sombre philosophie autre chose qu'une élégance, et leur nostalgie du néant lui paraissait servir de prétexte à l'amour du plaisir. Avec eux son ton était parfois sévère, et lorsqu'ils prenaient pour devise cette parole de Leopardi : « A quoi bon la vie, si ce n'est à la mépriser ? » il répondait que ce qui est digne de mépris, ce n'est jamais la vie, c'est parfois l'homme lui-même, lorsqu'il ne sait faire usage ni de son temps ni de ses dons. Il leur apprenait que le grand secret du bonheur, ou du moins de ce bonheur que comporte notre condition terrestre n'est pas de demander toujours, mais de toujours donner, en sachant faire le don de soi-même. Il leur disait que le travail a ses joies, l'effort sa récompense, le sacrifice sa volupté secrète, et qu'il n'y a existence si dénuée où ne puissent trouver place le dévouement et l'amour. Ces leçons étaient graves, sans doute, mais il avait le droit de les donner, et d'enseigner ainsi à ces jeunes réfractaires le charme du devoir et l'austère beauté de la vie.

Je me reproche, Messieurs, d'être arrivé presque à la fin de cet éloge sans vous avoir encore parlé de l'œuvre littéraire de M. Caro, et cependant, en la faisant venir après son œuvre philosophique et morale, je suis certain de l'avoir loué comme il aurait aimé à l'être. Il aurait été blessé si l'on avait voulu voir autre chose qu'un délassement de son esprit dans des études qui pour un autre constitueraient cependant un sérieux bagage littéraire. Dans cette œuvre si remarquable et qui mériterait mieux assurément qu'une mention rapide, son vif et mobile esprit se porte sans effort à tous les sujets, du théâtre à l'art, de la critique à la poésie, de Diderot à Gœthe, d'André Chénier à Henri Heine, de Stendhal à Amiel; mais, si variée qu'elle puisse paraître, au fond elle est homogène ; car elle est toujours écrite par un moraliste et elle n'a qu'un seul sujet, c'est l'homme, l'homme étudié avec respect et sympathie, non pas avec cette sentimentalité aveugle du dernier siècle qui s'obstinait à voir en lui un être primitivement bon, corrompu par la société, mais pas

davantage avec ce mépris préconçu du naturalisme moderne qui se complaît à chercher dans ses traits la
ressemblance avec son ancêtre hypothétique, le gorille
lubrique et féroce. Pour M. Caro, l'homme est toujours
le « dieu tombé » du poète, ou plutôt, c'est l'être complexe
dont parle Pascal, ni ange, ni bête, auquel il n'y a subli-
mité ni bassesse qui soient étrangères, soumis aux in-
fluences diverses de l'hérédité, du tempérament, du milieu,
mais libre cependant, c'est-à-dire responsable et dont les
moindres actes seront pesés aux poids d'une balance plus
sensible et plus juste que celle de notre jugement grossier.

Cette diversité que M. Caro apportait dans ses travaux,
il savait la mettre aussi dans sa vie. Il en faisait deux parts :
l'une, et la plus large, qu'absorbait le labeur de la pensée ;
l'autre, qu'il consacrait aux douceurs de l'amitié et aux
délassements du monde. Le monde lui savait gré de cet
attrait. Il ne se sentait pas méprisé par ce philosophe et
il le payait en hommages que M. Caro aimait à recevoir
mais aussi à partager. Ceux qui ont eu l'honneur d'y être
admis, ne les oublieront jamais, ces soirées où, dans le
petit appartement de la rue Thenard, tout ce qui brille à
Paris, esprit, beauté, richesse, aimait à se rencontrer ; car
ce souvenir est pour eux inséparablement uni à celui de la
noble femme qui, après avoir donné au public les prémices
du talent le plus délicat, s'est repliée sur elle-même au
lendemain d'une grande douleur, et n'a plus voulu chercher l'emploi de ses dons qu'en prêtant à M. Caro la
collaboration précieuse d'un goût sûr et d'un esprit ferme.
Il y eut à la fin de cette vie, qui avait été jusque-là si modeste et qui demeura toujours si digne, quelques années

brillantes dont M. Caro a dû certainement jouir. Cette
jouissance, comme on l'a prétendu, a-t-elle été profondé-
ment troublée par les attaques inopinées et inexplicables
qui ont été dirigées contre lui? A dire vrai, je ne le crois
pas. Sans doute il était trop humain pour y demeurer
complètement insensible, mais il avait la fierté de croire
que certains traits ne pouvaient pas l'atteindre. Aussi
ne s'est-il jamais abaissé aux représailles; le blâme des
honnêtes gens suffisait à sa vengeance. C'est ailleurs
qu'il faut, suivant moi, chercher l'explication du désordre
apporté dans cet organisme qui semblait si vigoureux.
Je tiens à dissiper sur ce point les remords de ceux qui
auraient peut-être quelque raison d'en éprouver. L'ardeur
de la pensée, la fécondité de l'esprit, la vivacité des
impressions, la sensibilité du cœur ne sont pas des dons
gratuits, et lorsqu'on dépense ces dons sans compter,
on les paie au prix de la substance la plus précieuse
de son être. C'est cette prodigalité de lui-même qui a
développé chez M. Caro le germe de l'affection redoutable à laquelle il devait succomber. On s'étonnait qu'un
premier accident ne l'eût pas éclairé sur un danger visible
à tous les yeux et qu'il semblât négliger cet avertissement.
Je suis persuadé, pour mon compte, qu'il l'avait compris,
mais qu'il n'avait pas voulu l'écouter. La vie vaut-elle la
peine de vivre? A cette question d'une mélancolie peut-
être un peu paresseuse, nous savons comment M. Caro
répondait : Oui, la vie vaut la peine de vivre, à une condition : c'est qu'elle soit remplie, c'est qu'elle soit vécue.
Mais vivre de privations et d'économies en mesurant à ses
forces l'emploi de son temps et en mettant à la ration

non seulement son esprit, mais son cœur, ne serait-ce pas
sacrifier à l'amour de vivre ce qui fait l'intérêt, le charme, l'honneur de la vie? Si ce sacrifice a été entrevu par
M. Caro, s'il lui a été conseillé, je ne serais pas étonné
qu'il ne lui eût paru trop grand. Mais ceux-là l'ont bien
mal connu, qui ont pris chez lui pour aveuglement et
imprudence ce qui était générosité et courage. A ces
jugements légers je puis opposer le témoignage d'un
propos que je lui ai entendu tenir. C'était un soir dans
une maison où une provocation amicale l'avait mis en
demeure de défendre ses convictions philosophiques.
Après avoir prononcé en leur faveur un chaleureux plai-
doyer : « Pour moi, s'écria-t-il en terminant, plus je sens
la mort, plus j'affirme l'âme. » A l'accent dont il prononça
ces mots, personne ne se méprit sur le sens qu'il y attachait. Il continuait cependant de dépenser sans ménage-
ment les forces qui lui restaient, car il ne voulait renoncer à rien, ni au travail, ni à l'amitié. Il avait dû sacrifier
son cours public qui lui aurait imposé un effort trop
grand, mais il profitait des heures ainsi recouvrées pour
réunir plus souvent autour de lui, dans ces conférences
dont j'ai parlé, les élèves qu'il préparait aux examens de
l'agrégation. Jamais il n'avait apporté autant d'ardeur
à ces conférences; c'est qu'il avait le sentiment de con-
fier à ces jeunes intelligences son testament philosophique et de semer les champs d'un avenir dont il ne
verrait pas la moisson. Dans la dernière semaine de juin,
il venait encore, à ma prière, distribuer des récompenses
à quelques petites filles originaires de l'Alsace ou de la
Lorraine, pauvres enfants deux fois orphelines, de leurs

parents et de leur pays, et il les exhortait à ne pas négliger la pratique de ces petits devoirs, qui sont, leur disait-il, « l'humble mais solide étoffe de la vie morale ». Ce sont là les dernières paroles qu'il ait prononcées en public. Quelques jours après, une nouvelle attaque du mal auquel il avait déjà failli succomber, le couchait sur un lit dont il ne devait plus se relever. Mais, si brusque qu'ait été l'atteinte, elle lui a cependant laissé le temps de montrer sa fermeté d'âme. Il a vu entrer sans trouble la grande visiteuse. Il a compris son langage et il lui a répondu. Dans la pleine indépendance de sa volonté, il a reçu un saint prêtre que l'humilité volontaire de sa vie n'a pu dérober à l'honneur fréquent de ces derniers appels, et dans la pleine lucidité de son intelligence, il a demandé aux lumières de la foi un supplément que les plus grands esprits ont jugé nécessaire aux assurances de la raison. Ses écrits sont d'un philosophe, sa mort a été d'un chrétien. Cette mort eut un retentissement douloureux et, sans parler de celui qui saigne encore, plus d'un cœur en fut ému. Sans doute il faut plaindre ceux qui se partageaient sa tendresse, ceux qui jouissaient de son commerce si doux et aussi cette foule d'amis inconnus qu'il aidait à résoudre les questions suprêmes et qui se sentent aujourd'hui solitaires en face de l'éternelle énigme. Mais je ne sais s'il faut le plaindre lui-même et s'il ne faut pas compter plutôt parmi les heureux ces ouvriers de la bonne tâche qui meurent entiers comme lui, en laissant derrière eux, avec le souvenir d'une vie qui n'encourut jamais le reproche, celui d'un esprit qui ne connut jamais la défaillance.

RÉPONSE

DE

M. BERTRAND

DIRECTEUR DE L'ACADÉMIE FRANÇAISE

AU DISCOURS

DE

M. LE COMTE D'HAUSSONVILLE

Prononcé dans la séance du 13 décembre 1888.

Monsieur,

Votre présence ici rappelle à l'Académie, comme à vous-même, d'anciens et chers souvenirs, votre nom y rencontre de vives et nombreuses sympathies. Vous ne l'ignoriez pas quand vous avez désiré nos suffrages, mais vous saviez aussi que le talent seul donne le droit de les obtenir : vous avez concilié la sévérité de nos traditions avec le désir de tous. L'Académie française, empressée d'accueillir l'arrière-petit-fils de Mme de Staël, le petit-fils du duc de Broglie et le digne fils de M. d'Haussonville, est heureuse en même temps de recevoir aujourd'hui un ami

de Théophile Gauthier, termine et résume un de vos
chapitres :

> J'aime à vous voir dans vos cadres ovales,
> Portraits fanés des belles du vieux temps,
> Tenant en mains des roses un peu pâles,
> Comme il convient à des fleurs de cent ans.

Parmi les figures que vous présentez de si bonne grâce
aux visiteurs du vieux salon de famille, il en est quelques-
unes que l'on n'entendrait pas sans étonnement adopter
le style soutenu que ce milieu sérieux et sévère devait
plus ou moins imposer à tous. La fille toujours austère
du pasteur Curchod voulait bien traiter en amie la char-
mante Mme d'Houdetot.

En lisant en tête d'un chapitre ce doux nom protégé
par tant de souvenirs, j'ai craint, très à tort je dois
l'avouer, pour l'amie volage mais fidèle de Saint-Lambert,
un affront entouré de toutes les convenances que dans
aucun cas, Monsieur, on ne vous voit oublier. La bonne
et folle Sophie, ne trouvant dans la vie rien de doux que
l'amour, suivait sa fantaisie, ne s'en cachait guère et ne
perdait l'estime de personne. C'était une des grâces de
son esprit nourri dès l'enfance aux maximes faciles de
cette étrange époque.

Née en 1730, les leçons pour elle, quand elle connut
Mme Necker, seraient venues beaucoup trop tard. La ver-
tueuse et intelligente puritaine n'essaya pas de lui en donner ; elle sut aimer cette nature vive et franche, admirer ce
charmant esprit, pardonner à ce cœur trop tendre, à cette
âme ardente et sensible, qui rêvait encore et rêva jusqu'à

son dernier jour d'un passé, malheureusement blâmable, dont le souvenir la consolait de tout.

L'admiration sincère de Mme d'Houdetot pour la petite Germaine, tout chez elle était sincère, vint resserrer les liens d'une affection mutuelle qui jamais ne se sont rompus.

La figure de Germaine Necker est attrayante et pleine de vie. On s'intéresse à cette aimable enfant qui deviendra Mme de Stael, on apprend avec joie que Tronchin, sans prononcer le mot de surmenage, qu'il aurait certainement compris, prescrit pour Germaine la solitude et le repos. L'enfant trop précoce doit renoncer aux ingénieuses et savantes leçons de sa mère, aux livres qui la charment, aux sciences dont sa jeune intelligence semble porter le poids sans fatigue, aux laborieuses soirées dans lesquelles l'étrange enfant, toujours en scène et plus éblouie que troublée, goûtait les succès des autres, ce n'est pas peu dire, avec autant de plaisir que les siens.

Mme Necker, dans son orgueil de mère et ses illusions de pédagogue, regrettera toute sa vie ces leçons trop vite interrompues, et quand on admirait plus tard les talents, le savoir et les excellences de Germaine, elle s'écriait : « Ce n'est rien, absolument rien, auprès de ce que je voulais en faire ! »

Germaine cependant aimait peu les leçons. Son trésor était en elle. Pour surpasser Thomas, Marmontel et Morellet, elle n'avait pas besoin de leurs conseils.

Reconnaissante des soins de sa mère, quand elle pense aux dons de son esprit, c'est à son père qu'elle en veut faire honneur.

« Nous avons ici, » dit-elle dans une des lettres datées de Coppet que vous avez accordées à notre sympathique curiosité, « M. Gibbon, l'ancien amoureux de ma mère, celui qui voulait l'épouser. Je me demande si j'aurais pu naître de son union avec ma mère. Je me réponds que non et qu'il suffisait de mon père pour que je vinsse au monde. » Venir au monde ! tout est là pour elle. Elle y brillera quoi qu'il arrive.

La sincérité des jugements et la franchise des récits sont un attrait commun à tous vos ouvrages. Vous vous montrez indulgent, même pour Diderot, même pour Mme du Deffant. Je ne vous trouve pas cependant complètement juste pour Dalembert.

Permettez au Secrétaire perpétuel de l'Académie des Sciences de s'incliner, plus que vous n'avez fait, devant un génie immortel. Dans un siècle où l'on parlait tant de sensibilité et de vertu, aucun nom n'a été plus admiré des savants, plus honoré par les hommes de lettres. Villemain, dans une réunion des cinq Académies, abritait un jour un de ses actes sous l'autorité d'un prédécesseur illustre, devant lequel il se disait bien petit. Habile à définir avec élégance, il aimait à citer sans prononcer les noms. Un membre très éminent d'une autre Académie, non moins modeste que Villemain quand on lui en laissait le temps, crut être, sur un mot mal compris, l'un des termes d'une comparaison qu'on disait pour lui écrasante. Il laissa voir un peu d'irritation. « Je ne faisais allusion qu'à moi-même, » répondit Villemain ; Dalembert, secrétaire perpétuel de l'Académie française, était mon prédécesseur. Il est permis à chacun d'ignorer l'histoire de notre Académie, il ne l'est à personne de se fâcher quand on le place au-dessous de Dalembert.

Dalembert était juste et sage. La tolérance à ses yeux était un droit, l'intolérance un crime et un danger pour tous. Implacable contre toute injustice, c'est aux persécutés et aux proscrits qu'aujourd'hui comme alors, n'en doutez pas, Monsieur, sans se soucier du changement des rôles, il prêterait l'appui de son éloquence et l'autorité de sa droiture.

Vous avez traité Mérimée moins favorablement encore que Dalembert. Vous croyez, c'est une de vos raisons pour étudier l'auteur de *Colomba,* qu'on l'a trop sévèrement jugé.

Le souvenir laissé par Mérimée à ses amis n'a rien de sévère. Si, comme vous le supposez, il était né sensible, vaniteux et timide, il a réservé, comme c'était son droit, sa sensibilité pour les occasions qu'il choisissait; sa vanité, plus cachée encore, n'a jamais froissé personne et quant à sa timidité, je ne saurais en juger : lorsque j'ai eu l'honneur de me rencontrer avec lui, il n'était pas le plus intimidé des deux.

Mérimée conservait dans sa bibliothèque, brûlée tout entière dans les incendies de la Commune, un exemplaire des *Orientales* remontant, ou bien peu s'en faut, à cette brillante époque qu'on a nommée le printemps du siècle, lorsque le jeune Musset le comparait à Calderon, et que le vieux Gœthe, devinant une énigme facile, rapprochait dans une même admiration les deux mots : Gazul et Guzla.

Sur la première page du volume on lisait : « A P. Mérimée, notre maître à tous. » Mérimée montrait rarement ces deux lignes dont la seconde qui ne contenait que deux lettres : V. H., ajoutait un singulier prix à la première.

Une vanité qui se refuse de telles satisfactions n'est pas le trait saillant d'un caractère.

Mérimée, après ses premières publications, n'était plus, dites-vous, un inconnu. L'exagération dans la louange est un écueil. Vous l'évitez avec trop de soin. Mérimée, qui n'a rien étudié sans l'approfondir, qui n'a jamais rien su médiocrement, disait Cousin, débutait comme le maître des maîtres. Il est permis de chercher un autre guide, on peut, je le comprends, pour la bibliothèque des enfants, pour celle même des adolescents, si on est libre de la composer, préférer d'autres livres à ses œuvres complètes : personne pourtant ne songe à en bannir Horace. Sa morale ressemble à celle de Mérimée. Horace, direz-vous, était un païen ; Mérimée aussi était un païen, et comme Horace, un fort honnête homme.

J'oserai, sans m'étonner autant, faire de sérieuses réserves sur votre appréciation du talent et du caractère de Sainte-Beuve. Votre consciencieuse étude sur cet esprit brillant et sincère se termine par une question adressée au lecteur :

Pourquoi, dites-vous, malgré une existence dont aucun acte contraire à la délicatesse n'est venu entacher le cours, malgré un amour ardent des lettres et une ardeur infatigable au travail, malgré une probité littéraire scrupuleuse, malgré de sérieuses qualités privées, malgré l'esprit, ce n'est pas assez dire, malgré le génie, pourquoi les générations nouvelles se montrent-elles si peu disposées à la bienveillance pour Sainte-Beuve ?

La question est nettement posée. Permettez-moi d'y répondre.

Quand on pouvait dire de Sainte-Beuve : Il est mon ami, ce mot dans certaines bouches le rendait fier ; jamais il n'a consenti à laisser dire : Il est *de nos amis*. Ce double pluriel, on ne saurait trop l'en louer, était pour lui un intolérable solécisme. Comme écrivain, il n'a accepté aucune coterie, comme journaliste, aucune couleur ; toujours militant, il a combattu sous un seul drapeau. Ce drapeau portait une devise qu'aucun parti jamais n'a osé adopter : *Truth*, vérité : il se croyait le droit de tout quitter, on a osé dire, de tout trahir pour elle.

Sainte-Beuve repoussait avec indignation cette maxime cynique que beaucoup d'honnêtes gens, comme s'ils se vantaient d'un devoir accompli, se disent fiers de pratiquer : Il faut toujours défendre ses amis. Aimons nos amis, partageons leurs chagrins, réjouissons-nous de leurs succès, mais ne les défendons que quand ils ont raison, ne leur accordons, même en public, que les louanges qu'ils ont méritées. La vérité est, comme la justice, le droit et le profit de tous : à qui, dans certains cas, se vante de l'oublier, il serait bien sévère de ne pas pardonner, il n'est pas tolérable qu'on en fasse un mérite.

Presque toujours, Monsieur, en vous prenant pour guide, on n'a qu'à se laisser conduire. Avant Mme de Staël, vous aviez étudié Mme Sand, ses admirateurs doivent vous en remercier. M. Caro, dans ses brillants essais d'histoire littéraire, s'est incliné successivement, comme vous, devant ces deux grandes héroïnes de la prose française ; il s'accorde avec vous, nul ne s'en étonnera, car sur plus d'un point,

c'est une louange que j'aime à vous donner, votre prédécesseur vous ressemblait par l'esprit comme par les goûts
littéraires, par l'inflexible sévérité des principes, par l'aimable indulgence dans leur application.

La ressemblance de votre livre sur George Sand avec
le charmant et dernier écrit de Caro n'a rien de fortuit.
Vous avez puisé aux mêmes sources. Mme Sand, sous le
nom d'*Histoire de ma vie* a, par respect pour bien des souvenirs, raconté surtout, — avec quel charme, personne ne
l'ignore, — la triste histoire de ses premières années. On se
fait connaître en se faisant aimer ; vous avez connu
Mme Sand, vous avez peint avec émotion les luttes douloureuses qui ont assombri ses premiers rêves, vous avez
raconté après elle les tristes secrets de famille qui par
l'enchaînement des situations éclataient tour à tour en
révélations, en colères et en haines autour de son cœur
déchiré. L'analyse de l'*Histoire de ma vie* est votre point
de départ et la source de vos jugements. Caro pouvait
y joindre ses propres souvenirs. Un roman de Mme Sand,
pour les hommes de son âge, était un événement et mar-
quait une date. « Sand, cette syllabe magique, s'écrie-t-il
avec émotion, résume pour moi des journées de rêveries
délicieuses et de discussions passionnées. » Il n'a pas eu à
discuter avec vous. Sans rien emprunter à votre étude qui
a précédé la sienne, il la confirme et la justifie par l'autorité de ses jugements.

Caro a comme vous subi le charme du grand écrivain,
rendu hommage au brillant esprit qui, sans regarder les
obstacles, croit devancer les siècles et combattre pour le
vrai ; qui, dans son fier dédain de toute hypocrisie, déroule

avec sérénité le monde troublé de ses pensées et les aspi-
rations périlleuses d'un cœur aimant, prompt à s'enivrer
des joies de ses amis et souffrant des douleurs de tous.

Vos études sur Mme de Staël et sur Mme Sand vous don-
naient le droit de saluer aujourd'hui, tout auprès de celui
que vous venez de juger avec tant de vérité et de justice,
un autre talent de premier ordre. Pour l'auteur du *Péché
de Madeleine,* la louange ne pourrait être trop haute. Pour
son invincible modestie, elle ne semble jamais assez
courte. J'imiterai, Monsieur, votre respectueux silence.

Les études sur la littérature contemporaine et sur la
société d'un autre siècle n'ont été pour Caro, comme pour
vous, qu'un délassement ou une préparation.

En abordant de redoutables problèmes, vous avez eu la
prudence de ne pas les résoudre. La confiance de vos collègues vous avait imposé, dans une assemblée politique, le
devoir d'étudier sous l'une de ses faces le triste et grave
problème de la misère. Votre esprit généreux s'est attaché
avec persévérance à ces douloureuses et touchantes questions. Pour les législateurs, le mal serait incurable. La
solution appartient aux hommes de bonne volonté. Pour
s'écrier : Heureux ceux qui pleurent, il faut pouvoir ajou-
ter : par ce qu'ils seront consolés. La loi inflexible, sévère
et muette n'a jamais consolé personne. Aucune prescription ne peut être efficace. Nous devons tous au bien notre
concours actif; nul n'a le droit de nous l'imposer. Celui
qui dans ces maximes apercevrait une contradiction, aurait
fait bien peu de progrès dans la voie où vous êtes un si
bon guide.

Le centre de l'Europe était menacé d'une jacquerie il y a

de cela quatre siècles bientôt, mais l'histoire pourrait être d'hier ou même de demain. Luther, invoqué par les deux partis, écrivit aux paysans que Dieu défendait la sédition, et dans sa réponse aux seigneurs, il leur reprochait une tyrannie que les peuples ne pouvaient, ne voulaient, ni ne devaient supporter.

Il faut admirer la contradiction. Entre le droit des uns et le devoir des autres, l'intervalle est immense : la charité doit le remplir. Tout est perdu si on l'exige, tout l'est bien plus encore si on la refuse.

Il vous appartenait, Monsieur, comme ami non moins que comme successeur de M. Caro, de nous rappeler ses talents, de louer son caractère, de dire la juste autorité de ses jugements et les regrets qu'il laisse à tous.

Le talent de Caro était très cultivé et très naturel, son esprit gracieux et fort, sa critique ingénieuse et solide.

La conscience chez lui s'accordait avec la science, et les doctrines spiritualistes fortement imprimées dans son esprit ne se séparaient pas de la foi religieuse.

Professeur éloquent et polémiste redoutable, il a sur tous les grands problèmes déclaré et défendu, avec une politesse courtoise, sa pensée toujours ferme et précise. Une vie entière d'études et de méditations sincères lui donnait le droit d'avoir une conviction et de s'y tenir.

Il faudrait pour le bien juger réunir ces mérites si élevés et si rares. La place que j'occupe aujourd'hui, sans me donner plus d'autorité pour redire ce que nous pensons tous, m'autorise à vous remercier de l'avoir si bien dit.

Caro aimait la lumière : si, quand l'occasion l'y invitait,

il s'aventurait comme ses prédécesseurs à la Sorbonne, *dans les galeries souterraines de la psychologie*, s'il élevait parfois les esprits sur la route périlleuse de l'infini, il savait les y retenir et les charmer sans promettre la certitude. Semblables à l'astre radieux vers lequel notre globe, toujours attiré, tend avec persévérance sans l'atteindre ni s'en approcher, les problèmes métaphysiques peuvent nous échauffer, nous éclairer, nous aveugler souvent, et provoquer vers eux de persévérants efforts, mais c'est toujours de loin qu'on les admire, c'est avec tremblement qu'il en faut parler.

Un de nos confrères très curieux de science, élève dans sa jeunesse de l'Ecole Polytechnique, — c'était le Père Gratry, — se présenta un jour chez le géomètre Poinsot, après lui avoir exprimé le désir de le consulter sur un problème de grande importance.

La conversation fut longue; le Père Gratry en sortit charmé : c'est de lui-même que je l'ai appris. « Poinsot, m'a-t-il dit, est un grand esprit et d'une admirable éloquence. »

Poinsot, de son côté, n'avait pas oublié la visite de son aimable confrère : je trouvai l'occasion de lui demander sur quel problème on l'avait consulté.

« Le Père Gratry m'a demandé, me dit-il, si je croyais les planètes habitées? »

— Quelle a été votre réponse?

— Je n'en pouvais faire qu'une, répondit Poinsot : « je n'en sais rien. »

« Je n'en sais rien! » Tels sont sur bien des questions les derniers mots de la science humaine. Embellis par l'éloquence, développés par le talent, sous la plume d'un philosophe, dans la bouche d'un géomètre même, s'il veut s'y appliquer, ils peuvent exciter l'admiration et laisser de longs souvenirs.

Paris. — Typ. Firmin-Didot et Cⁱᵉ, impr. de l'Institut, rue Jacob, 56. — 23168